6 岁，人民公园留念

本书送给

盼着长大的你，和不想长大的爸爸妈妈！

当爸爸妈妈像你一样大的时候，世界很小，小得一辆自行车就能骑到，小得盛不下孩子的欢笑。但是，我们的家却很大很大，大得整个村子都是亲人，大得找不到捉迷藏的伙伴。

有一个孩子，扎着朝天辫，骑着够不着脚蹬的“二八”车在胡同里穿来穿去，急得大喊：“失灵啦！快闪开！”

那是你的妈妈！

有一个孩子，光着屁股，在村头的小河里和伙伴们扑腾扑腾地打着水仗，突然叫着：“刮风啦要下雨，谁看到我衣服了？”

那是你的爸爸！

在书里，那个孩子对着你，傻傻地乐……

在书外，你对着那个孩子，哈哈地笑……

小时候绘本

妈妈小时候

童九月 文
摩崖 绘

北京理工大学出版社
BEIJING INSTITUTE OF TECHNOLOGY PRESS

“月亮在白莲花般的云朵里穿行，晚风吹来一阵阵快乐的歌声。”

童童今天刚学了这首歌，唱着唱着，突然，童童指着妈妈小时候的照片说：“妈妈，这是你在跑步吗？”

“是，妈妈在参加运动会。”

“给我讲讲你小时候的故事吧，就像我这么大……”

妈妈的小时候，是从她的家乡开始的。

我出生在北方的一个小镇，春天来得晚，4月了，燕子才慢吞吞地从南方飞回来。这里不富裕，不过，胡同口飘出的油条豆浆味儿，早市里的吆喝声，马路上叮铃铃的自行车铃声，上学路上三三两两孩子的笑声，让这个小小的城镇热闹又温暖。

奖

家里有个小院子，夏天到了，葫芦、丝瓜、葡萄的藤蔓就跟约好了似的，自然地搭起个小凉棚。

“姐姐，给我！”竹车里的弟弟叫喊着，要抢我手里的竹蜻蜓。

“拿橘子糖换！”我双手一搓，一放，竹蜻蜓飞得更高了。

爸爸忙着修缝纫机，抬头看着我们笑，一旁的妈妈正洗床单呢。

“别逗弟弟了，英子，去打一斤酱油！”妈妈擦干了手，递给我 5 毛钱。

“能不能买个小豆冰棍儿呀？”我央求着。

“行，剩下 2 毛买冰棍儿吧！”妈妈竟然答应了。

“耶！”拿着空瓶，我兴高采烈地跑到了小卖部，“李爷爷，来一根小豆冰棍儿！”舔着冰棍儿，我一路蹦蹦跳跳地拿着 3 毛钱和瓶子回到了家。

“酱油呢？”妈妈看我拎个空瓶子纳闷地问。

“哎呀……忘了忘了！”我掉头就跑。

“李爷爷，打一斤酱油！”

“好嘞！”李爷爷用漏斗打着酱油。李家姐姐正在柜台上抄歌词，精致的笔记本上还有很多明星的贴画呢。

我往远处一看，二毛、凤红、建军正在大槐树下玩编花篮，“带我一个！”我快速跑过去。

我们四个人手拉手围成一个圈，单脚站立，另一只脚互相勾起来，形成花篮的形状。

“编，编，编花篮，花篮里面有小孩，小孩的名字叫花篮。蹲下，起来，一二谁出来！”我们唱着儿歌，有节奏地单脚跳着转圈，真的就像一朵花儿在旋转。

“玩跳房子吧！”二毛提议。他在地上画好格子，标好数字。

“石头——剪刀——布！”哈哈，我先来。我把沙包扔进第一格，跳进去，单脚、双脚……我很快跳完一遍格子，有了可以歇脚的“家”，沙包可不能跳丢了，否则就输了。

“英子！英子！”好像是妈妈在扯着嗓子喊我。

“哎呀，我的酱油！不玩了不玩了！”我拿起酱油瓶就往家跑。

“闪开，闪开，快闪开！”

眼看我骑着自行车从高坡上冲下来了，路上的老人、小孩，都急忙闪到了路边，连猫啊狗啊都慌慌张张地逃跑，真可以说是“鸡飞狗跳”！后座上的弟弟早吓得哇哇大哭了，连声喊着：“姐姐，刹车呀，我要下来！”

难道我不想刹车吗？可是，这刹车怎么就不管用了呢！

公用电话

这辆二八自行车是爸爸的，它能到达世界上任何一个地方。周末，爸爸就骑车载着全家人去姥姥家了。

姥姥家在二十里外的乡下，翻过一座小山，再过一个小桥就到了。

路边的麦田已经金黄一片了。想着又能见到小柱子、狗狗大黄了，我心里美美的。

太巧啦！在村头正好遇到小柱子赶着一群鸭、鹅回家，有两只大白鹅特别不听话，总是出队。

“小柱子！”

“英子，你来啦！”

“吃完饭，来找我玩啊！”

只要我一回来，小柱子就会陪我玩，只是，那两只大白鹅总是欺负我。

姥姥在灶房里蒸馒头，坐在矮凳上，不紧不慢地拉着风箱。

“呼——嗒！”“呼——嗒！”

我喜欢看姥姥拉风箱，更喜欢的是，蒸好馒头之后，姥姥会在灶膛里埋两个小土豆。想到一会儿就能吃到喷香喷香的烤土豆，我口水都要流出来了。

一直没见到大黄，我有点纳闷，姥姥说：“大黄上个月死了。”

“什么，怎么死的？”我着急地问。

“老死了，十二岁了。”

我伤心极了，想起大黄和我在田野里疯跑的样子，眼泪一颗一颗地滴在冒着热气的土豆上。

滚烫的热风吹过，一望无际的麦田掀起一层又一层的金色波浪。

听完收音机里的天气预报，姥姥撕掉了日历上的“芒种”：“赶紧收麦子了，别赶上下雨啦！”

大人们热火朝天地割着麦子。我捡了一会儿麦穗，就开始在麦地里撒丫子逮蚂蚱。

逮了一会蚂蚱，我、小柱子和几个小伙伴儿索性在麦地里玩起了捉迷藏。我藏在了一撮麦垛后面，“这太隐蔽了，哈哈——保管谁也找不到！”等啊等啊，果然没人发现……

天黑了，小伙伴儿们都回家吃饭了，大人们才发现我不见了。

我倚着麦垛睡得正香，迷迷糊糊中听到很多人在喊“英子！”“英子！”姥姥发动全村人在找我呢。

“豆腐……豆腐嘞……”我还没起床，姥爷就开始走街串巷地卖豆腐了。姥爷有个豆腐坊，他做了一辈子豆腐。

石磨很重很重，这么多年，把姥爷的腰都累弯了，现在幸好有小毛驴来帮着拉磨了。不过得用布给它蒙上眼睛，以防它偷吃豆子。

我拿着小鞭子跟着小毛驴一圈一圈地跑，一会我就转晕了，小毛驴却一点都没事。

盛夏很快就到了，家里很热，连知了都大声地喊着“热啊热啊！”

晚饭过后，一家人在院里乘凉，爸爸从水缸里捞出了“冰镇”西瓜，一切七八块，一口下去，透心凉，暑气全消。我狼吞虎咽地吃了一块又一块，连籽儿都不吐。

睡觉的时候，突然想起姥姥说过，吃了西瓜籽儿，籽儿会在肚子里发芽。我真怕明儿早上醒了，就看见肚脐上长出一根碧绿的西瓜藤。

课堂上，张老师说：“今天大家都来说说‘我的理想’是什么。”

“我的理想是成为科学家！”“我的理想是当警察！”“我要做老师！”同学们纷纷举手回答。

“我的理想是当个神仙！”我站起来，同学们哈哈大笑，“我想像《西游记》里的神仙一样腾云驾雾，有吃不完的美味佳肴，还能长生不老！”

“哈哈，怎么可能？”同学们笑得前仰后合。

我一本正经地说：“张老师说过，只要好好学习，理想就能实现！”

叮铃铃……下课了，同学们一股烟儿似的冲出教室。

“哎呦！”我刚站起来，又大叫一声，“咕咚”坐了下去，原来我的羊角辫被绑在了椅背上。

“二毛！又是你！”

解开头发，我跑到了操场。三三两两结队的同学都玩起来啦，跳皮筋的、丢沙包的、跳绳的、编花篮的、玩弹珠的、翻花绳的……

“我加入哪一组呢？”

“咦？那不是王海明吗？他蹲在那里干什么？”王海明是刚转学来的，学习不好，总是独来独往。

“王海明，你看什么呢？”我蹲在了他旁边。

“你看，有很多蚂蚁，排着队，它们在搬家！”他看到我，有些欣喜和意外。

“真的耶！”

“我们去丢沙包吧？”我又说。就这样，我成了王海明的第一个朋友。

明天终于要去秋游了，我简直太兴奋了。9 点就早早上了床，心中默默祈祷：“明天一定不要下雨啊！”一觉醒来，刚要起床，不对，天还黑着，一看表……才 11 点；接着睡，迷迷糊糊中又醒了，再一看表，凌晨 3 点！再接着睡……

好不容易熬到了天亮，出发！

到了森林公园，大家迫不及待地拿出了各自的零食，这是我们一年中“最富有”的时刻，橘子汁、辣条、干脆面、果丹皮、橘子瓣糖、无花果、江米条……简直能开一个小卖部了。

哎呀，我得赶快吃了，同学们都开始“老鹰捉小鸡”了。

冬天的蔬菜很少。霜降过后，家家户户都开始储备大白菜了，一买就是一两百斤。这可是个大工程，得全家出动。

冬天水果也很少，山楂、鸭梨，还有屋外窗台上的冻柿子。有一天，我突然发现白菜心是个好吃的“水果”，又脆又甜。我偷偷地扒出三个白菜心吃了。

第二天，妈妈做饭时问我：“英子，咱们买的白菜没有菜心吗？”

天气特别冷的时候，玻璃窗上会结出美丽的冰花，我和弟弟就趴在窗户边，哈着气，用手在玻璃上“作画”，画房子，画星星，不过画得最多的还是狗狗“大黄”，我们都想念它，希望它在天堂里没有寒冷，暖暖的。

家里不富裕，零食很少，不过，有一种零食是不用花钱买的，就是爆米花。

一到冬天，爆米花的老大爷一到，孩子们就带着一碗碗玉米粒围上来了。随着“砰”地一声巨响，炒锅旁升起了“白云”，白花花的爆米花就出炉了。

整条巷子都是喷香喷香的。

冬天的晚上非常寒冷，西北风呼呼地刮着，不过家里是很暖和的。弟弟眼巴巴地盯着炉沿儿上的烤红薯，嘟囔着："爸，能吃了吗！""别急，没熟呢！"爸爸正在灌热水袋，准备给我们捂被窝呢！

我帮妈妈缠着毛线团，这可是妈妈给我织新年毛衣用的！弟弟非要帮忙，唉！他把缠好的毛线团，越扯越长……

几场大雪过后，寒风把水面也吹冻了，和小伙伴儿在冰面上撒欢儿的时候到啦！溜冰的，抽陀螺的，坐上自制的冰车，手中的冰锥一用力，冰车就像离弦的箭，“嗖嗖”地向前飞奔。

大家你追我赶，根本不觉得冷，“英子，加油！”

“二毛，你的鼻涕冻在脸上啦！哈哈……”

“小孩儿小孩儿你别馋，过了腊八就是年；腊八粥，喝几天，哩哩啦啦二十三；二十三，糖瓜粘；二十四，扫房子；二十五，冻豆腐；二十六，去买肉；二十七，宰公鸡；二十八，把面发；二十九，蒸馒头；三十晚上熬一宿；初一、初二满街走。”

唱着歌谣，掰着手指一天一天地算着，盼着，大年三十终于到了，过年啦！

我们换上了新衣服、新鞋、新袜子。

爸爸带着我们理了发，买了鞭炮，贴了对联。伴着“噼噼啪啪”的爆竹声，妈妈把饺子下了锅，年夜饭开动啦！

今年的幸运饺子，谁能吃到呢？

妈妈说，还有很多很多小时候的故事

……

“妈妈！明天咱们一起去你的姥姥家吧？”

“我也想去麦地里逮蚂蚱，看大白鹅，找小柱子玩……”

过了很长时间，童童都没有从故事里走出来。

“小柱子已经长成大柱子喽……”妈妈悠悠地说。

玩乐童年里的
世代乡情与文化传承

王志庚
儿童阅读推广人　首都图书馆馆长

有雨有雪，
这是一片四季的乡村图景，也是一个世代的生活叙事；

有学有玩，
这是一个父亲的童年怀旧，也是一个母亲的成长记事；

有车有书，
这是一个孩子的回乡之旅，也是一次童年的亲情体验；

有音有图，
这是一次家庭的亲子对话，也是一个时代的文学表达；

有情有意，
这是一个世代的乡情记忆，也是两个家族的文化传承。

玩乐童年，跨越时空，唯游戏、亲情与爱永恒。

爸爸妈妈
你们小时候是什么样子的

郝景芳
第 74 届雨果奖得主　童行书院创始人

当孩子好奇地问我们：爸爸妈妈，你们小时候是什么样子的呢？

拿出这套《爸爸小时候》《妈妈小时候》实在是再合适不过了。

看这套书，像一下子走进时光隧道，童年时代的记忆扑面而来。略带怀旧的画风，精准又惟妙惟肖地呈现了那个年代的风格；令人捧腹的故事让孩子看到，原来爸爸妈妈小时候也是如此的淘气！

历史和文化不仅仅在课本上，也在代际之间传承，相信这套书，会激发孩子对 20 世纪 80 年代的兴趣，因为那个时代，看起来如此遥远又如此亲近……

图书在版编目(CIP)数据

妈妈小时候 / 童九月文 ; 摩崖绘. -- 北京 : 北京理工大学出版社, 2021.8
(小时候绘本)
ISBN 978-7-5682-9714-1
Ⅰ. ①妈… Ⅱ. ①童… ②摩… Ⅲ. ①儿童故事－图画故事－中国－当代 Ⅳ. ①I287.8
中国版本图书馆CIP数据核字(2021)第062796号

出版发行 / 北京理工大学出版社有限责任公司
社　　址 / 北京市海淀区中关村南大街5号
邮　　编 / 100081
电　　话 / (010) 68914775 (总编室)
(010) 82562903 (教材售后服务热线)
(010) 68944723 (其他图书服务热线)
网　　址 / http://www.bitpress.com.cn
经　　销 / 全国各地新华书店
印　　刷 / 雅迪云印(天津)科技有限公司
开　　本 / 889毫米 × 1194毫米 1 / 16
印　　张 / 3
字　　数 / 60千字
版　　次 / 2021 年 8月第 1 版 2021 年 8月第 1 次印刷
定　　价 / 59.00 元

策划编辑：张艳茹
责任编辑：陈 玉
故事顾问：程裕恩
杨以墨
责任校对：刘亚男
责任印制：施胜娟

5 岁，村头河边留念

本书送给

盼着长大的你，和不想长大的爸爸妈妈！

当爸爸妈妈像你一样大的时候，世界很小，小得一辆自行车就能骑到，小得盛不下孩子的欢笑。但是，我们的家却很大很大，大得整个村子都是亲人，大得找不到捉迷藏的伙伴。

有一个孩子，扎着朝天辫，骑着够不着脚蹬的“二八”车在胡同里穿来穿去，急得大喊：“失灵啦！快闪开！”

那是你的妈妈！

有一个孩子，光着屁股，在村头的小河里和伙伴们扑腾扑腾地打着水仗，突然叫着：“刮风啦要下雨，谁看到我衣服了？”

那是你的爸爸！

在书里，那个孩子对着你，傻傻地乐……

在书外，你对着那个孩子，哈哈地笑……

小时候绘本

爸爸小时候

北京理工大学出版社
BEIJING INSTITUTE OF TECHNOLOGY PRESS

爸爸的老家在南方的一个水乡。

放暑假了，爸爸带着妈妈、童童一起回老家。这可是童童第一次去呦！

下了火车，换汽车。破旧的大巴车行驶在颠簸的乡间小道上，小河、野花、木桥、稻田……一切都是那么新鲜。

在一个小村庄的村头，汽车一个急刹车，童童只觉得自己往前栽了一下。

“咱们到了！”爸爸说。

回到家，放下行李，童童就开始了他的“探险”，楼上楼下，跑来跑去。

一会儿，
坐在竹躺椅上“咯咯吱吱”地摇……

一会儿，
又不知从哪儿找到一把镰刀挥来挥去，
吓得奶奶直说：“危险！危险！”

后来，他发现了一个黑乎乎的樟木箱子。

“这可是我的百宝箱。”爸爸说，“你别小看它，这里面装着爸爸的‘小时候’呢！’”

“爸爸小时候是什么样儿的呢？”童童好奇地打开樟木箱。

哗啦啦！

弹弓、火柴枪、小人书、弹珠、铁皮青蛙、糖纸……

爸爸的“小时候”全跑出来啦！

看着散落一地的“珍宝”，爸爸也打开了他的话匣子，带着我回到了他的小时候。

爸爸的“小时候”是从学校开始的……

我们的学校是村支部改造的，很小，老师也很少，但是很有“仪式感”。

最有意思的是每周一，我们的班主任赵老师都会点名报到。于是：

“语文老师？” 赵老师点名。

“到！”赵老师报到。

“数学老师？” “到！”赵老师报到。

“体育老师？” “到！”赵老师又报到。

怎么回事？！原来，语文、数学、体育都是赵老师一人教，哈哈哈……有时还教几个英语单词呢！

我小时候特别喜欢孙悟空。有一次上课，我把头埋在语文书后面看《西游记》。

“为什么上课看小人书？”赵老师突然出现在身后。

“因为……小人书是河生借给我的。”我低着头说，“下课的时候他要看，我只能上课看！”同学们哄堂大笑。

期末，我考了第二名，赵老师给我的奖品居然是全套的《西游记》小人书！

河生是我的好朋友。

他为什么叫河生呢？他还问过妈妈。

他的妈妈说，他小的时候是从河里捡来的，所以就叫河生了。

大家听完哈哈大笑，但是我一点也笑不出来，因为我妈妈也说过，我也是从河里捡来的。

我有很多弹珠，各种花色的都有，但是怎么得来的，这个先保密！

我们玩的是“老虎入洞”。在地上挖一个小洞，谁的弹珠先入洞就变成“老虎”，别的弹珠就只有被吃的份，只能到处逃跑躲避，除非也让自己的弹珠入洞变成“老虎”，再互相搏杀。

每次都要玩到天黑还不想结束，河生说：“你妈妈已经喊了四遍‘国庆！吃饭啦！’”

“再玩最后一把！”我头也不抬地说。

每次出门，我裤兜里都揣着一摞厚厚的洋画，不管走到哪个墙角，都能加入一拨儿。

拍洋画是两个人的游戏，每人拿出一样多的洋画片放在地上，“石头剪刀布”决定顺序。“啪！”手掌带着风重重落地，洋画翻过去多少张就算赢了多少。

一天下来，手掌拍得通红，奇怪！玩得时候一点都不觉得疼！

能花钱买的零食很少，但地里的“零食”很多。

体育课，我和几个同学偷跑出来，在村后的山坡上，来了一次“水煮蚕豆”的野炊。用蚌壳装上河水，放在火上当做锅，摘下来的蚕豆放里面煮。

蚕豆很甜，一通乱忙之后，大家都成了“小花猫”。

逃课野炊的事，被赵老师批评了，不过钓小龙虾是没人管的。

没有比钓小龙虾更简单的了。什么？用什么样的钩子？

钓小龙虾根本不需要钩子好不好，只需要一根绑好蚯蚓的细线，一截树枝就好了。

小龙虾大概是水里最笨最笨的动物了，看到蚯蚓就“上钩”了，哈哈……

我有个动物朋友，叫“牛老头”，不过，那次，它太不够意思了。

春天的阳光暖暖的，我去后山放牛，“牛老头”慢慢悠悠地走，我躺在宽宽的牛背上，不知不觉睡着了。

也不知睡了多久，感觉身体一点一点地下滑……

不好！我一激灵醒了，“牛老头”正要低头喝水，来不及啦，我顺着牛脖子“呲溜”一下就滑进了水槽里。

“呜……”我卡在水槽里了！

这儿的小孩个个都是“水鸭子”，村前的小河就是我们的天然游泳池。大家在河里扎猛子、打水仗，惊得鸭子、鹅啊在水面一通乱飞。

正玩着，天突然阴了，暴雨倾盆而下，挂在树枝上的衣服早就被刮跑了。

“快跑！”我光着屁股，捂个草帽，顶张荷叶，就往家跑。

到了晚上，半个村子的人都到稻场上来乘凉。

躺在竹席上，奶奶一边纳着鞋底，一边讲故事：“快到七月七啦，牛郎和织女要见面喽！”

爷爷呢，跟乡亲们抽着旱烟：“今年老孙头的水稻新品种丰收了，有可能成为村里第一个‘万元户’！”

周叔家买了电视机，这可是村里的大事啊！

乘凉的人不乘凉了，纳鞋底的也不纳鞋底了，都来周叔的院里看电视。孩子们来得最早，各自带着小板凳，抢先坐在了最前面。

播放最多的就是武打片，《霍元甲》《陈真》《神雕侠侣》……当然还有《圣斗士星矢》。

一夜之间，我们几乎都学会了武术。

“天马流星拳，吃我这一拳！”

“庐山升龙霸，看你怕不怕！”

咦？关键时刻，屏幕上怎么一片雪花了？是信号不好，周叔又得去转天线了。

有时候也看不了电视，因为村里总停电。没电了，就只能点煤油灯了，看看我家的煤油灯，还是我用墨水瓶改造的呢！

煤油的烟很大，常被熏成“包黑子”。最囧的是那次，我写作业的时候睡着了，头一下子栽到了煤油灯上，头发点着一大片，幸亏弟弟“救火成功”。“火灾现场”的头发七长八短的，不会理发的爸爸非要给我修一修，结果越修越短，最后——

我成了

光头小秃子！

睡觉的时候，我们兄弟三人在被窝里闹着玩儿，你戳我一下，我拧你一把，妈妈就在油灯下一边看着我们笑，一边纺线或是做衣服。

妈妈给我们做的衣服总是很大。哥哥穿小了，就给我；我穿小了，缝缝补补又给弟弟。

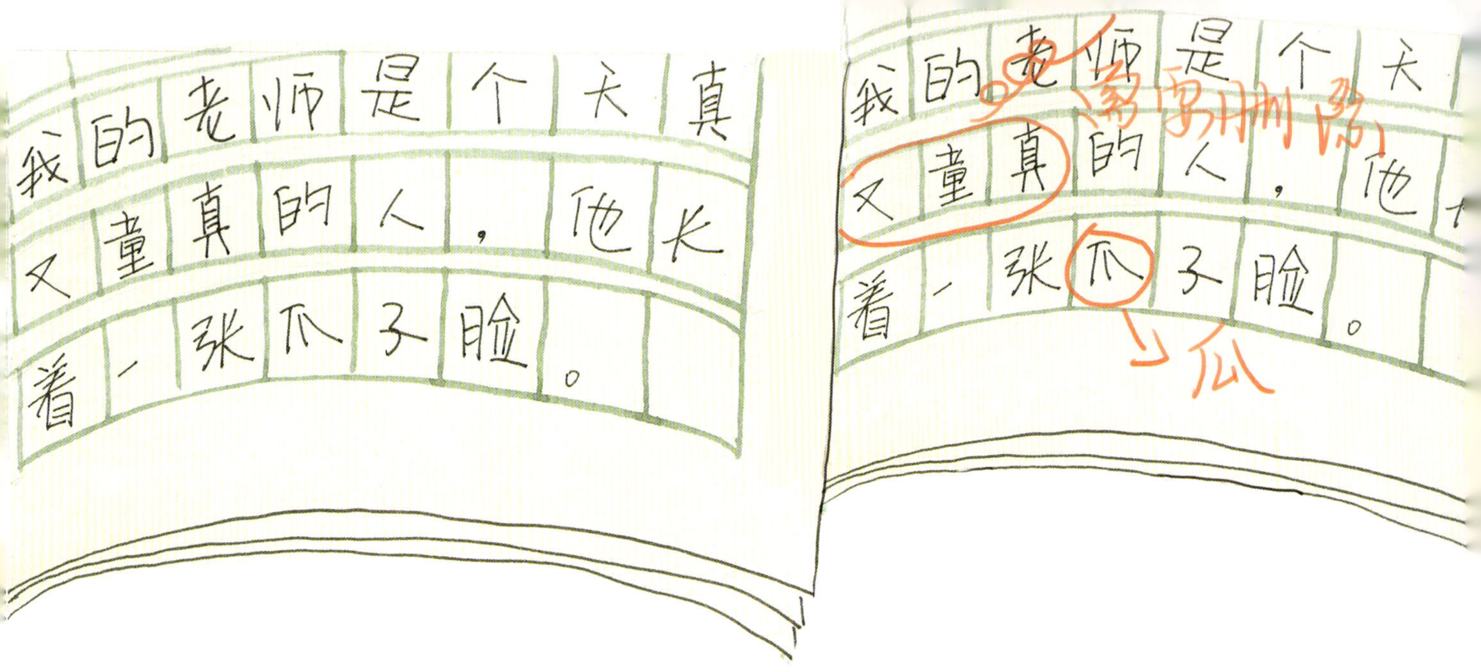

语文课上，用“天真”造句。我的句子写成了这样：

“我的老师是个天真又童真的人，他长着一张爪子脸。”

哎呀，我怎么写成“爪子脸”了，“童真”也写重复了……

还好，赵老师给我修改了。

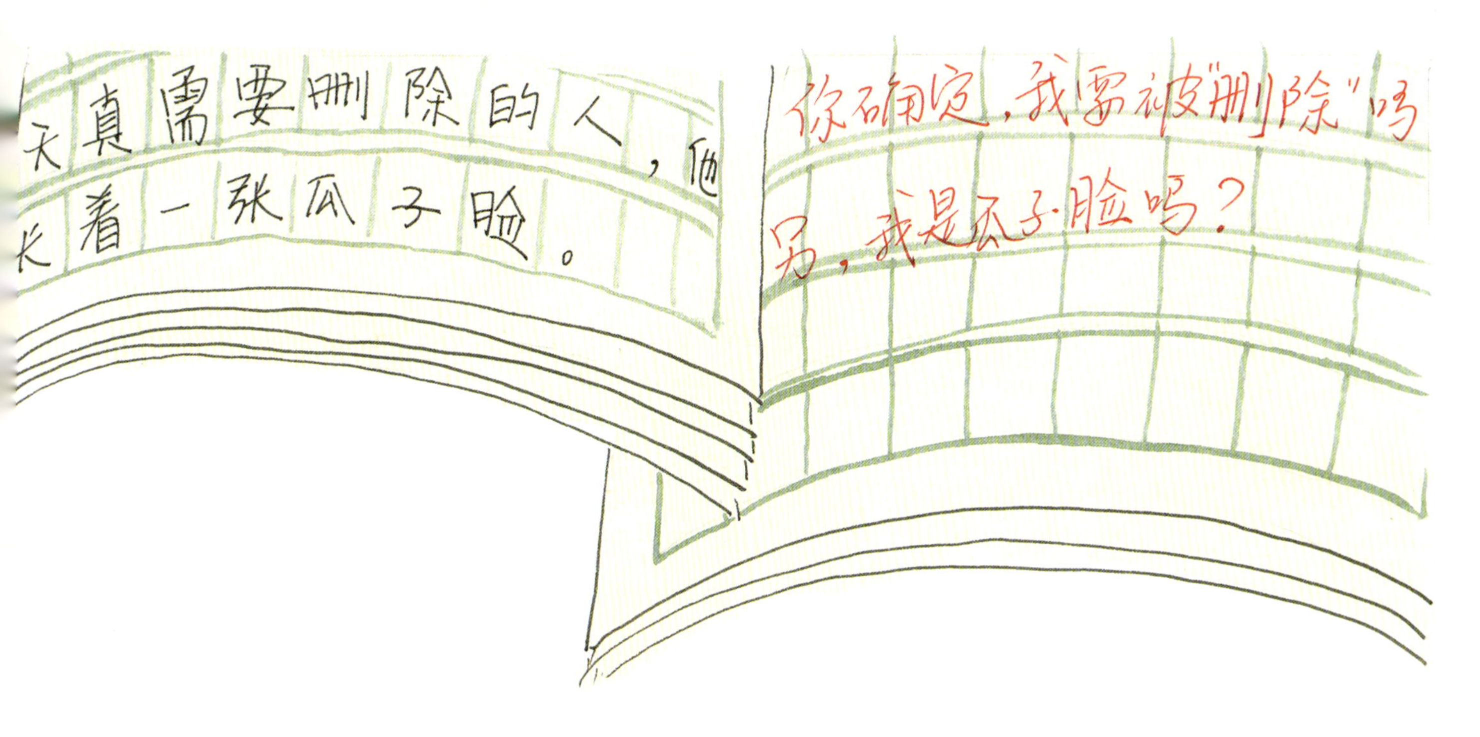

我改后的句子，又变成了这样：

“我的老师是个天真需要删除的人，他长着一张瓜子脸。”

幽默的赵老师给我的批语是：

“你确定，我要被“删除”吗？另，我是瓜子脸吗？”

插秧的季节到了。

我和哥哥、弟弟一人一把秧苗，学着爸爸的样子倒退着插秧。弟弟的力气太小，秧苗插不到地里，都漂了起来。我插的秧苗歪歪斜斜的，还得爸爸拔出来重插。哥哥最厉害，倒退着、倒退着，一不小心绊倒在水里，摔了个大屁墩儿。

“不用你们插了。”爸爸说。

“为什么啊？”“我们想帮你干活！”我们争辩着。

“那就等到秋天帮我割稻子吧！”

“为什么要到秋天？”

“那时候你们就长大了！”

一早起来，我有点发烧。虽然头晕晕的，不过一想到妈妈的“灵丹妙药”，我心里还是偷偷地笑了。

果然，妈妈买了黄桃罐头、麦乳精给我。一大瓶罐头，几口就被我吃完了。舔着最后一滴罐头糖水，我意犹未尽地说：“妈妈，我明天还想发烧！”

梅雨季节过后，屋前屋后的杨梅就熟了。

树尖的杨梅最红最甜，我们就爬到树上去吃。刚吃饱下来，突然一阵“噼里啪啦”的“冰雹”砸下来。

“怎么有红色的冰雹啊？快跑！”我拉着弟弟一边跑，一边喊。

“梅雨过了，就是‘杨梅雨’啦！”哥哥在树上坏笑着，拼命摇晃树枝。

“邦啷邦啷！”卖货郎摇着拨浪鼓，打破了村子的宁静，孩子们马上围了上去。

货筐里有布头、针线、发卡、头绳，那都是女孩子们喜欢的东西。我的眼睛只盯着货筐里一盒一盒的弹珠。

我们没钱买，只能用废品换。周叔买电视拆下来的纸箱子，就被我要来换了二十个弹珠。

快过年了，要买年货啦！

一大清早，大伯开着拖拉机载着我们兴高采烈地去镇上赶集了！

集市上很拥挤，吆喝声、叫卖声此起彼伏。水果、衣服、锅碗瓢盆、鸡鸭鱼肉，应有尽有。

我们买了新衣服，买了鸡鸭，满载而归。

“突突”的拖拉机在土路上颠簸。弟弟没站稳，“啊！”他撞倒了爸爸；爸爸手中的公鸡“噗啦啦”地乱飞，又撞翻了妈妈的竹篮；篮里的鸡蛋一个个地摔在了地上……简直比集市还热闹！

左等，右等，大年三十终于到啦！

贴对联，放鞭炮，穿新衣服，领压岁钱，最重要的是有腊肉、扁食、年糕、果条吃。我真恨不得自己能有十个肚子。

初一一大早，我们备好小袋子，跟着爸爸挨家挨户地去拜年。每到一家，就说“新年好！”街坊们就把准备好的糖果塞进我的袋子里，嘻嘻……说“新年好！”就会有糖果呦！

晚上又是一大桌好吃的。我和哥哥、弟弟大口大口地吃着。

爸爸突然说：“明天早上，我就坐船到城里去打工了！你们在家要听妈妈的话！”

“啊……”扁食年年都是香的，但是今晚的扁食好咸啊……

爸爸临走的时候，给了我一只他亲手做的樟木箱。

爸爸说，还有很多很多小时候的故事

……

回城的时候，童童带走了樟木箱。这可是爸爸的爸爸亲手做的！不管是坐汽车，还是换火车，童童一直把它抱在怀里。

“我要把自己的‘小时候’也装进去，等我当了爸爸，讲给我的小孩听！”

玩乐童年里的
世代乡情与文化传承

王志庚
儿童阅读推广人　首都图书馆馆长

有雨有雪，
这是一片四季的乡村图景，也是一个世代的生活叙事；

有学有玩，
这是一个父亲的童年怀旧，也是一个母亲的成长记事；

有车有书，
这是一个孩子的回乡之旅，也是一次童年的亲情体验；

有音有图，
这是一次家庭的亲子对话，也是一个时代的文学表达；

有情有意，
这是一个世代的乡情记忆，也是两个家族的文化传承。

玩乐童年，跨越时空，唯游戏、亲情与爱永恒。

爸爸妈妈
你们小时候是什么样子的

郝景芳
第74届雨果奖得主　童行书院创始人

当孩子好奇地问我们：爸爸妈妈，你们小时候是什么样子的呢？

拿出这套《爸爸小时候》《妈妈小时候》实在是再合适不过了。

看这套书，像一下子走进时光隧道，童年时代的记忆扑面而来。略带怀旧的画风，精准又惟妙惟肖地呈现了那个年代的风格；令人捧腹的故事让孩子看到，原来爸爸妈妈小时候也是如此的淘气！

历史和文化不仅仅在课本上，也在代际之间传承，相信这套书，会激发孩子对20世纪80年代的兴趣，因为那个时代，看起来如此遥远又如此亲近……

图书在版编目（CIP）数据

爸爸小时候 / 童九月文；摩崖绘. -- 北京：北京理工大学出版社，2021.8
（小时候绘本）
ISBN 978-7-5682-9713-4
Ⅰ. ①爸… Ⅱ. ①童… ②摩… Ⅲ. ①儿童故事－图画故事－中国－当代 Ⅳ. ①I287.8
中国版本图书馆CIP数据核字(2021)第062798号

出版发行 / 北京理工大学出版社有限责任公司
社　　址 / 北京市海淀区中关村南大街5号
邮　　编 / 100081
电　　话 /（010）68911082（总编室）
（010）82562903（教材售后服务热线）
（010）68944723（其他图书服务热线）
网　　址 / http://www.bitpress.com.cn
经　　销 / 全国各地新华书店
印　　刷 / 雅迪云印（天津）科技有限公司
开　　本 / 889毫米 × 1194毫米　1 / 16
印　　张 / 3
字　　数 / 60千字
版　　次 / 2021年8月第1版　2021年8月第1次印刷
定　　价 / 59.00元

策划编辑：张艳茹
责任编辑：陈　玉
故事顾问：程裕恩
杨以墨
责任校对：刘亚男
责任印制：施胜娟